俺は
君の乳首を
世界一
やさしく
噛むために
東京へ
きた。

三代目魚武濱田成夫「恋愛詩」詩集

この本を俺に捧げます

三代目魚武濱田成夫©

はじめに

君が前の彼氏としたキスの回数なんて

俺が3日でぬいてやるぜ

させろ

君に
はじめての事を
俺は君にしたい
君に

はじめての事を
俺だけが
君にしたいねん
させろ

ぜったいええにおいのはず

俺は 俺の気持ちにも
においが あったら
ええのになあと思う
そしたら
俺が あのコの事を
好きやという この気持ちは

きっと
カレーに負けへんぐらい
ええにおいのはずや
あのコも
あれ！なんか
ええにおいしてきたわあって
ぜったい思うと思うねんけどなあ

スキー場

君は
外泊には
きびしい家の娘やから
俺の部屋に泊りにくるために
家の人には
スキーに行ってくる。　と
嘘を言って俺のとこへ来てくれた

最初その事を知らんかった俺は
ドアあけたら
いきなりスキーのカバン持って立っとる君を見て
なんでオマエそんなカッコしとんねん
どっか行くんか?
と言ってしまった。
来てくれてありがとう
スキー場へようこそ

オマエのスカートの中に住みたい

俺は
オマエのスカートの中に住みたい
もちろんそれは
オマエが　はいとる時の

スカートの中であって
家でハンガーにつっとる時の
スカートの中ではない
俺はオマエのはいとるスカートの中に住んで
中でごろごろしたいぜ

ベッド

一週間のうち
2日くらい
俺は
君のベッドでねむっている
君のベッドで夢をみてる

君のベッドの上で
考えついた事も
いっぱいあるんだぜ
それはぜんぶ
君のベッドの上で
ねむったおかげだ

獣の宝石

みちばたで
いきなり
この俺に
からんできた奴等と
どつきあいのケンカしとる最中に
見物人の中にいた女に
俺は一目惚れしてしもた
しゃーないから
どつきあいの最中ではあるが
見物しとるその女に
俺は声をかけたんや

なあ　もしよかったら
このケンカ終わり次第
俺と茶でも
飲んでくれへんか
それまで待っててくれや
そしたら女は
あんた　いったい
どういう育ち方したのよと
俺に言うたんで
俺は　こう言った
ストーンズ聴いて
育っただけじゃ
ブラウンシュガーとかな。

好きな女のタイプ

好きな女のタイプはと聞かれたら
正直にこう答えるぜ
俺にとって都合のええ女が俺のタイプ

濱田キラチカくん

あなたは　あたしにとって
キラキラと
チカチカの
両方を持ってるんだね
だから今度から　あたし
あなたをキラチカくんとよぶね
ねっ濱田キラチカくん
あいたいね。と
君は電話でそう言った
キラチカもあいたいオマエに

パジャマのしわ

彼女のかわいさが

そのまま

彼女の着ている
パジャマのしわになってる

上京

俺は
君の乳首を
世界一

やさしく
噛むために
東京へ
きた。

金髪

君は小っちゃな頃
金髪になりたくて
きらいだったトウモロコシを
がんばって食べてた
トウモロコシをたくさん食べれば
金髪になれると思って

きらいなトウモロコシを
がんばって食べてた
そして今
それを笑いながら話す君の黒髪が
俺の目の前で美しく海風に そよいどる
俺は心の中でこう思った
これが金髪でのうてよかった。

凜《りん》

あなたは 風鈴のようやね
風で凜となる
あなたは 風鈴のようやね
俺の中で凜となる
なだらかな坂の途中での
あなたの ばかわらいさえも
風で凜となる
俺の中で凜となる
あなたは 風鈴のようやね
俺の中で凜となる
海へ向かう階段の途中での

あなたの ばかわらいさえも
風で凛となる
俺の中で凛となる
あなたは 風鈴のようやね
風で鈴となる

ガキの頃に美術の
学校で おそわったことを
今だに この俺は忘れちゃいないぜ
きれいと美しいは
ぜんぜんちがうんだということを
今だに この俺は忘れてないつもりだぜ

あなたは 風鈴のようやね
風で凛となる
あなたは 風鈴のようやね
俺の中で凛となる
冬へ向かう秋の途中での
あなたの ばかわらいさえも
風で凛となる
俺の中で凛となる
あなたは 風鈴のようやね
風で凛となる

あなたの ばかわらいさえも

あなたの　ばかわらいさえも
あなたの　ばかわらいさえも
あなたの　ばかわらいさえも

ばかわらいさえも
ばかわらいさえも
ばかわらいさえも
ばかわらいさえも
ばかわらいさえも
ばかわらいさえも

「あなたは　風鈴のようやね。」

右手は　はなさない

鼻の頭が
かゆいけど
せっかく君と
はじめて手をつないで
歩いているから
手をつないでいる右手は
ぜったいに
はなしたくなくて
俺は左手で
鼻の頭をかいた。

君の事を考えてる

いつでも君の事を考えてる

両サイドのレバーを押すと
予備のペーパーがおりてきます。

の、字を読んでいる時も
君の事を考えてる

君のがほしい

あの娘のもちものなら
なんでもいいから　ひとつほしくて
とりあえず俺は言ったんだ
なあ　その消しゴムちょうだい

するとあの娘はこう言ったのさ
でも　この消しゴム
あんましきれいに消えないよ
なんでこんなのがほしいの

いやー　つまりさー
そのかたちがいいんだよ
まえから　そんなのほしかったんだ

するとあの娘はこう言ったのさ
それなら　これとおんなじやつ
まだ　こうばい部に売ってるよ
かってきてあげようか

うるせー　とにかく
俺はそれがほしいんだ
くれるのか　くれないのか

どっちなんだ　はっきりしやがれ
消しゴムを　ありがとう
消しゴムを　ありがとう

あの娘のもちものなら
なんでもいいから　ほしくて
とりあえず俺は言ったんだ
なあ　その消しゴムちょうだい

夏みかん

おうおうおうおうおうおう
夏みかんなんて
あとで喰おうぜ

賢明

俺は今
冷静じゃない
だからトイレに行って
自分で一本ぬいてから
彼女にあった方がいい
そうでもしないと
最後にもう一回だけ
彼女とやりたくなって
こびてしまいそうだ
かっこよく別れたいのに
どうしてこうなんだ
やりたいだけなのか
まだ好きなのか

わからなくなってる
きちんと話をしたいのに
このままだと
それがむずかしい
トイレに行って
なんとか一本ぬこう
トイレに行って
なんとか一本ぬこう
トイレに行って
なんとか一本ぬくしかない
トイレに行ってから
トイレに行ってから
トイレに行ってから
彼女にあおう
それが賢明だ。

池田

昔 好きな女の苗字が
池田やったから
そん時は
池田の池と同じ字やゆう理由だけで
鯉とか おる
あの池までをも
俺は好きになった
海よりも川よりも
俺は池が一番好きやった
西宮えびすにある池をながめながら

その女の事を想い
愛しく感じた
好きな女の苗字が
池田やからや
池を見たらニタニタしとった
せやけど不思議なもんで
田んぼを見ても
なんともおもわへんかった
好きな女の苗字が池田やのにや
田の字は
俺の苗字にもあるからやろか

風呂場で待つ。（ちんちんをあたためなおしながら）

ある冬のさむい日
風呂場からあがったばかりの
俺のちんちんからは
めっちゃカッコエエ湯気がでていた
その湯気のでてる感じは
ほんまにカッコよくて
俺はそれをお前にも見せたくなった
いや、どうせなら
見せるだけじゃなく
この湯気ごと
お前の中へ入りたい

そうや俺は　この湯気ごと
お前の中へ入りたいぞと思い
俺は　きゅうきょ
パンツ　はくんやめて
お前をここに呼ぶことにした
俺は、台所でご飯つくってくれとるお前に向かって
なあ！　なあ！　ちょっとこっち来てくれ！
今から、この湯気ごと俺は お前の中へ
今すぐ向かう事にするで！
なあ！　聞こえてるか？
早よ こっち来いって
めしつくるんは、あとでええから
早よ こっち来いって

今すぐや！
今すぐこっち来いって
せやないと
せっかくの湯気が消えてしまうやないか！　と
俺は何回も何回も洗面所から さけんだ
が、そやのに
お前は　いっこうにこっちに来ないので
しゃーなしに俺は
もう一回、湯船につかり
ちんちんをあたためなおしながら
湯船の中から大声で お前をよびつづけた
わくわくしながら

うれしい

先月から
あの娘の家には
灰皿が
あるんだぜ
うれしいな

ひざまくらしてくれやのマーチ

好きな女といる時　俺は
いつも心の中で
ひざまくらしてくれやのマーチを
歌ってるんや。
どんなんか知りたいやろ
でも　それは教えられへん。

あの娘のおっぱい

あの娘のおっぱい
やわらかく
俺の心に
あたってる

最高の虎

あの娘が俺を
そっと ジャングルに帰してくれた
あの娘が俺を
そっと俺の望むジャングルに帰してくれた
あなたの思うように
あなたの好きなように
あなたが あたし達の事なんて考えないで

自由に暴れれるようにって
そっと この俺を
ジャングルに帰してくれた
ありがとう
おおきにな
そして さよなら
俺、最高の虎になるで

俺様の唇の皮

唇あわせてきたから
キスかと思たら
そうやなくて
お前は
俺の唇の皮が
ちょっとだけ　めくれかけとるとこだけを
うまいこと噛んで
見事に口で　めくりとり

それからお前は
舌をつきだし
そのめくりとった俺の唇の皮を
俺に見せながら
ゆっくりと舌をひっこめ
おいしそうに笑顔で
俺の唇の皮を食べやがった
わかるで　その気持ち

あの娘のパンツの色が ちゃんとこの俺のためにバラ色

たとえもし
人生がバラ色じゃなくても
俺には、いたくも　かゆくもないと思うぜ
なんでかいうたらな
あの娘のパンツの色が
いつだって
ちゃんと俺のためにバラ色やからや

白でも俺にはバラ色やで
黒でも俺にはバラ色やで
あの娘のパンツは
何色でも俺にはバラ色に見える
どんな時でもバラ色に見えるからバラ色
どんな時でもバラ色に見えるからバラ色
あの娘のパンツの色が
ちゃんと　この俺のために
いつだってバラ色

チョコラＢＢ

何に効くのか知らないけれど
俺の好きな女が
チョコラＢＢをくれたから
俺はそれをだまって飲んだ
何に効くのか知らないけれど
よく効くような気がした

不思議だったのは
チョコラBBは売ってるものなのに
俺の好きな女がくれたというだけで
その女が俺のために
作ってくれた様な気がした事だ
その時飲んだ
コップの水もふくめて

三代目魚武濱田成夫の日常

缶コーヒー、アイスコーヒー、
アイスコーヒー、カレー、アイスコーヒー、
アイスコーヒー、カレー、カレー、アイスコーヒー、
ハンバーグ、マカロニサラダ、アイスコーヒー、
缶コーヒー、セックス、
ポカリスエット。

そんな宝石はずして

なあ、そんな宝石はずして
また一緒にドッヂボールしようや女よ

よし。さよなら

よっしゃ。でも、さよなら
君を好きだけど
笑う角を曲がって
道に迷いたい

よっしゃ。たんなる、さよなら
安定はいらないよ
それが欲しいために
生きてきたんじゃないぜ

安定するのは退屈で退屈なのは安定で

安定するのは退屈で退屈なのは安定で
上見ても
下見ても
右見ても
左を見てても
「前ないぜ。」

彼女は、こう言った
「普通でいいのよ
平凡がいいのよ
それが一番なのよ」

よっしゃ。まず、さよなら
正しさは腐る
まちがいじゃないことが
逆に、まちがいかもな

当たり前は退屈で退屈なのは当たり前
当たり前は退屈で退屈なのは当たり前
上見ても
下見ても
右見ても
左を見てても
「前ないぜ。」

よっしゃあ俺の夢なら
花びらは回る
笑う角を曲がって
そこに福来たる

でも、なぜ？みんなは
不安が恐いの？
安定しないことが
不幸なんて古いね

安定するのは退屈で退屈なのは安定で
安定するのは退屈で退屈なのは安定で

上見ても
下見ても
右見ても
左を見てても
「前ないぜ。」

後ろを見てても前ないぜ
後ろを見てても前ないぜ
後ろを見てても
「前ないぜ。」

ほんまやったらあのまま

ほんまやったら あのまま
俺のちんちんを
入れっぱなしにしときたいくらい
あの娘が好きやけどな

月曜

とにかく
ぐるぐる

大好きな　あのコの
まわりだけを
走りまわりたい月曜

やくそく

まだガキだった頃
大好きな
女の子たちに
言われたんだ
そう何度も何度も
女の子を好きになる度に
その女の子たちに言われた

ずっと　そのままでいてね
ずっと　そのままのハマダ君でいてね
大人になっても
かわらないでって
言われたんだ
女の子たちと
やくそくしたのさ
俺は
かわったりしない

赤と黒のマーカーの音

夜中に赤と黒のマーカーで絵をかきながら
電話で女と話しとったら
女が受話器のむこうで
「ねえ、今、絵かいてるでしょ?」と俺に言った
「なんでわかんねん?」と俺が聞くと
「だって、さっきから　ずっと絵をかいてる音が
受話器からきこえてくるもの。」と女は言った
「ふ―――ん。そうか!」と俺が言うと
女はこう言った。
「ねえ!　あたしが赤か黒か当てる!」

「ほう！ほな当ててみい」と俺は言い
女は俺に「そのままかいてて」と言った
俺がそのままサムライ・フィッシュをかいていると
女は受話器の向こうで静かに俺が絵をかく音をきいていた
しばらくして女はこう言った

「黒！」

見事にそれは当たりで
「当たりや！　すごいやんけ！」と俺が言うと
女は大喜びして電話のむこうでこう言った
「ねっ！　あたしってすごい！」

「なんでわかんねん?」と俺がきいたら
女は言った
「きのう一緒にいた時あたしね
あなたが絵をかいているところをずっと夢中でみてたの
そしたらね自然に、おぼえちゃったみたい。
三代目魚武濱田成夫君のかく赤と黒のマーカーの音。
ねえしってる? あなたって赤の時と黒の時では
かいてる時の音がちがうのよ。どう? あたしってすごい?」
俺は笑いながらこう言った
「ああ。俺、今めっちゃオマエとやりたい。」

夜中に赤と黒のマーカーで絵をかきながら
電話で女と話しとったら
女が受話器のむこうで
「ねえ、今、絵かいてるでしょ?」と俺に言い
「なんでわかんねん?」と俺がきいたら
「だって、さっきから　ずっと絵をかいてる音が
電話からきこえてくるもの。」と女は言った
「ふ―――ん。そうか!」と俺が言うと
女はこう言うたんや
「ねえ!　あたしが赤か黒か当てる!」

君とやりたい

おねがいだ
やらせてほしい
心から
君とやりたい
君とやりたい
君とやりたい
君とやりたい
君とやりたい
君とやりたい
君とやりたい

君とやりたい
君とやりたい
君とやりたい
君とやりたい
君とやりたい
君とやりたい
君とやりたい
君とやりたい
君とやりたい
君とやりたい
君とやりたい。

彼でなく俺

俺は彼でなく俺。

恋路

俺が俺の好きな女のもとへ
会いに行く道すべて恋路
せやから
今俺を乗せたタクシーが
走ってるこの道も恋路
三代目魚武濱田成夫
恋路を今　走っとる

白いブラジャー

君の白いブラジャーが
俺に　はずせと言っている。

ケーキとも別

女よ、ケーキと一緒で
俺が入るところも別です
ケーキとも別です

女よ

女よ、俺はオマエにふさわしい男になるよりも
オマエの乳房にむしゃぶりつく
資格のある男になりたい。

恋路2

俺が俺の好きな女のもとへ
会いに行く道すべて恋路
せやから
今俺を乗せたエレベーターが
上がっていってるこの道も恋路
三代目魚武濱田成夫
恋路を今ものすごいスピードで
のぼっとる最中。

あたりまえの事

すげえ いい女がいた
だから俺は
その女を
口説いてみることにした
なぜなら
どんなにいい女でも
どこかの男を好きになって
ＳＥＸしてるわけだから
あの女も きっとどこかの男と

ぜったいやるわけで
それをわかってて
だまって指くわえてみのがすなんて
俺には ぜったいできない
それじゃあ その誰かを
いっちょう この俺にしてもらおうか
それじゃあ その誰かを
いっちょう この俺にしてもらおうか
そう思ってる
まちがってないだろ?とりあえず。

考えたい

とりあえず

俺がいいと思ってる

女と
全員やれてから
考えたい。

あれまあ

あれまあ
いつまでたっても
おまえを好き

おれぐらい好き

どれくらい好きかと聞かれたら
おれぐらい好き

桜

桜の木を
下から見上げると
女のスカートの中を
下から見上げてるみたいや
ごっつい美しい
さあ俺を
何度もまたげ満開の桜よ

おまえがこの世に

おまえが
この世に5人いたとしても
5人とも
この俺様の
女にしてみせる

俺のもん

おまえは
俺のもんやと
俺が言うたら
そうよ
だからね

あたしの声も
あなたのものなのよと
おまえが言った
うれしいなあ
おまえの声まで
俺のもん

素晴らしいメール

わたしは今から、ちょっと柔軟体操みたいなことをしてから、
寝ようと思います。と、
君は、夜に、
そんなメールを俺にくれたよ。
柔軟体操ではなく
柔軟体操みたいなこと
柔軟体操みたいなことって言い方おもしろいね。

そして俺は、
こうも思った
寝る前に
柔軟体操をする女よりも、
寝る前に
柔軟体操みたいなことをする女のほうが、
なんかカワイイなあ俺の好み。

あしたのよるには　おれのみみもきれい

おれ　きのうから
みみかき
がまんしてんねん
あしたのよるには
あのこにあえるから
あのこにしてもらうねん
できるだけながいこと
あのこにみみかき

してもらいたいから
おれきのうから
みみかき
がまんしてんねん
あしたのよるには
あえるさかい
あしたのよるには
おれのみみもきれい

夜景

俺が一番好きな夜景は
あの娘の部屋にともる灯

世界一幸わせな芸術家

俺が
そのへんの紙に描いた
なんのことはない落書きまで
あの娘はとても大切に
あの娘の部屋の壁に大切に
はってくれていた。
俺は世界一
幸わせな芸術家や。

大切なパジャマに

白に　あわい水色のストライプの
パジャマを着とる君を抱きしめとる時の事
なぜだか俺には　ふと
その君のパジャマのストライプが
近くでみると
まるでノートの行のように見えて
なんか　むしょうに俺
君のパジャマに何か字を書きたくなってきた
君に　そう言うと
「書いていいよ。」と君が言った

ほんまかあ、ほんまに書いてええんかあ
そんなんいわれたら俺
マーカー持ってきて、ほんまに書くでえと言うと
「うん。ほんとに書いていいよ。」と君が言った
ありがとうな 書かせてもらうで
おまえの気にいっとる大切なパジャマに
このパジャマ無駄にせんような
すげえ詩を書くからな
今思いついたばかりのすげえ詩を
今から俺が書かせてもらうで
それでゆるしてくれ

はちにい

俺のホンマに愛する女よ
俺とのつきあい
はちにいで
手うたへんか

もちろん幸わせ度
俺が８で
おまえのとりぶん２や
心配すんな
それでも　おまえが世界で一番
幸わせな女や。

たとえばお茶わんの中でとか
ほんまに　いたるところで
お前を抱きたい

たとえば
お茶わんの中でとか

俺の形と君の形があるうちに

くちびるを重ねあわせる事ができるのは
君が生きていて
君の形が今は、
まだあるから

くちびるを重ねあわせることができるのは
俺が、まだ生きていて
俺の形が今は
まだあるから

愛《いと》おしい形は
いつまでもあるわけじゃないから
愛おしい形は

どこにでもあるわけじゃないから

形ある間に
そうする事は大切

見えないものだけが
素晴らしいわけじゃない
見えないものだけが
素晴らしいわけじゃない

今は形もないものも
もしかして数時間前までは
人のように
形があったのかもしれないいな
今は見えないものも

昔は形があったのかもしれない
おとといまでは見えたものも
昨日から見えないものも
見えてた時は
まだ形があったんだ

形のあるうちに
くちびるを重ねよう
形のあるうちに
くちびるを重ねよう
お互いに形があるからこそ
できる事を
お互いに形があるうちにしか
できない事をしよう
見えなくなる前に

形がある時を満喫しよう
今のうちにキスをして
お互いに形がある事を祝おう
愛おしい形は
どこにでもあるわけじゃない
いつまでもあるわけじゃない
俺は今
君に形があることに感謝している
俺は今
俺に形がある事に感謝している
俺の形があるうちに
君の形にキスをしよう
君の形があるうちに

俺の形にキスをしておくれ

くちびるを重ねあわせる事ができるのは
君が生きていて
君の形が今は、
まだあるから

くちびるを重ねあわせることができるのは
俺が、まだ生きていて
俺の形が今は
まだあるから

虎とロケット

俺は
虎と
ロケットと
君が好きだ。

ランランラン

ねえ見て！
行方不明のくつしたが
どんどんふえてゆくわよ
これ全部行方不明の
かたわれがないくつした
ほら、こんなに！
つまりランランラン
あの娘は今な
ランランラン
俺の部屋で

ランランラン
俺の服とか
ランランラン
パンツとか
ランランラン
くつしたとかを
ランランラン
たたんだり
ランランラン
洗濯中なのさ
ランランランラン
ランランラン。

虎と花

風の中にも虎はおるねん
雲の中にも花は咲いとる

かわいい

いつもより
今日の君は
俺に話す時の
話し声が　でかいのが
かわいい

ホームベースの上で

東京湾に　うかぶ
ホームベースの上で
灯が　まばたきしとる間に
好きな女とキスをしたいな

夜中の東京湾で
キスをしながらな
俺は好きな女とな
2点いれるんや

東京湾に　うかぶ
ホームベースの上で
灯が　まばたきしとる間に
好きな女とキスをしたいな

好きな女とキスをする
好きな女とキスをする
好きな女とキスをする
好きな女とキスをする
好きな女とキスをする

そんなようにしている

シーツの中では
もうパンツ
ぬいじまってる俺だ
そんなようにしている。

キスが来た

下から
君をつきあげたら
上から君の
キスが来た。
ようこそ俺へ

ほんまにうれしい

二度目のシャワーに
あの娘がいってる時
俺はベッドの上で
自分のちんちんを
かるく　こつきながら
すごいなあ
ほんまに俺は
あの娘の中に

入れさせてもらえたぞ！
と自分のちんちんに話しかけ
そのあと
ベッドの上で
とびはねて
よろこんだ
よっしゃあ
もう一回したい！

おまえのたのみだ

ホテルの部屋に入った後しばらくしてから
この俺には　めずらしく
ぬいだブーツを
きちんとそろえて　おきなおそうとしたら
ぬいだあとの
あなたのブーツのかんじが
あなたみたいで
とても　かわいいから

そのままにしていてほしいと
ぬぎちらかしたままにしていてほしいと
君にたのまれたので
じゃあ　しょうがねえか
おまえのたのみだ
今日だけは　この俺様のブーツ特別に
そのままにしておいてやることにする。

発見

チリーン チリーンって風鈴の
とてもいい音
君と会ってる時だけ
俺の耳に聞こえてくるぜ
それは 俺の
心の方から
俺の耳に聞こえてくるんだ
俺の心の方から
風鈴の音が
たしかに聞こえてくる
だから きっと

俺にしか聞こえてないんだろうけどな
俺には、たしかに聞こえるぜ
俺の心の方から俺の耳へ
風鈴の音が聞こえるよ
俺の心の方から俺の耳へ
風鈴の音が聞こえるよ
君のおかげで
俺は自分の心の中に
風鈴がある事が、わかった
おどろきだぜ
俺の心の中に
風鈴ひとつ発見！

じっぱあ

君の服の背中のじっぱあ
君の服の背中のじっぱあ
おろす俺
おろす俺
こればっかりは
なんべんやっても
あきへん
なんべんやっても
ドキドキする
ドキドキうお――
ドキドキうお――

俺のズボンの前のじっぱあ
俺のズボンの前のじっぱあ
おろす君
おろす君
これぱっかりは
なんべんやられても
あきへん
なんべんやられても
ドキドキする
ドキドキうお――
ドキドキうお――

君の事を考えてる 2

いつでも君の事を考えてる

本日、まだ清掃に伺って
おりませんが、
いかがいたしましょう
ダイヤル31番まで
お願い致します。

の、字を読んでいる時も
君の事を考えてる

骨折

抱きしめると
おれそうだなんて
それって
きっと骨折した事が
ない奴が
言ったんだと思うぜ

言う

初対面で君と最低五回は
セックスしたいと思ったから言う

順序

順序がちがっても
愛しているのさ
順序がちがっても
死ぬ程
好きなんだ
順序がちがっても
関係ないぜ

君の事を考えてる 3

いつでも君の事を考えてる。

NOTICE

Men will clean window panes outside your room
Between 10 : 00 and 16 : 00 today.
We appreciate your kind cooperation.

General Manager

お知らせ
10時より16時の間に作業員が外側から窓ガラスの
清掃をいたします。
何卒ご了承下さいませ。
総支配人

の、字を読んでいる時も
君の事を考えてる。

ぬがなくてもできる

ぜんぶ
ぬがなくてもできるし
ぜんぶ
ぬがさなくてもできる
ようは
いそいで
したいと
おもってるかどうかだ

君の事を考えてる　4

いつでも君の事を考えてる

ご乗車頂き誠にありがとうございます
乗務員の接客について
お気付きの点がございましたら
備え付けのハガキ（エコーカード）にてご一報下さい
行く先について明確な返事をしなかったなど
不備な点がございましたら
事実を調査の上、責任をもって対応させていただきます。

の、字を読んでいる時も
君の事を考えてる

はいてこいよ

この俺との
初デートの日には女よ
「きょうは　なにか　ありそうパンツ」
かならず　はいてこいよ。

アイスコーヒー

俺は
アイスコーヒーで
動いてる
一度
デートすれば
わかるさ。

俺の名前をあの娘に書いてほしい

あの娘《こ》の字で書かれた
俺の名前を見てみたい
だいすきな　あの娘の字で書かれた
俺の名前を見てみたい
あの娘の字で
俺の名前を書かれたいんだ
あの娘に
俺の名前を書かれたいんだ

手紙じゃなくてもいいんだ
あの娘が あの娘の字で
俺の名前を書いてくれただけで
それだけで
じゅうぶん　うれしいんだ
あの娘が書いてくれた
俺の名前を見れるだけで
きっと俺は　それだけで
ものすごくうれしい

キスの途中でキスをした

キスの途中で
キスをした
それにお前が気づけば
ええのになあと思いながら
俺は、キスの途中で
キスをした

世界広しといえども
キスの途中で
キスをしようとするのんわ
このわしぐらいのもんや
俺は、キスの途中でキスをした。
なあ、
どれが そうか わかったか?

君の事を考えてる 5

いつでも君の事を考えてる

お願い
この道路には地中ケーブル
が埋設されております。
道路を掘削される場合は
下記へご連絡願います。

の、字を読んでいる時も
君の事を考えてる

だいぶちがう

女のおっぱいを
もんでから路上にでるのんと
女のおっぱいを
もまずに路上にでるのんとでは
だいぶちがうな
なにがちがうかっていうたら
地面のかんしょく

君の事を考えてる 6

いつでも君の事を考えてる

けこぼ坂　街かど公園
公園の利用について
公園は皆さんの健全な憩いの場、　遊び場です。
楽しいひとときを過ごして
いただくためには　つぎのことを守りましょう。
1、　園内の施設をよごしたり傷つけたりしないこと。
2、　植物や動物を採取したりしないこと。
3、　演説や広告・宣伝をしないこと。

4、露天・行商など物品販売をしないこと。
5、自転車や自動車など乗り入れないこと。
6、犬を連れて入らないこと。
7、打ち上げ花火・音の出る花火はやめましょう。
8、立ち入り禁止区域に立ち入らないこと。
9、紙くず・ごみ、その他の汚物を捨てないこと。
10、その他、公園の風紀を害したり他人や近所の人に
迷惑をかけるようなことをしないこと。

の、字を読んでいる時も
君の事を考えてる。
君の事を考えてる。

よろこんで心斎橋《しんさいばし》へ

この俺は
まだはずした事のない
女のブラジャー
はずしたいなあと
たえず思っとるし
たえずしゃぶりつきたいと思っとる
おどろくべきことに
そのたえずは
とどまる事を知らない
なんでかって言うと
街にでたら

なんぼでもかわいい女がおるからや
まだはずした事のない女のブラジャー
はずしたいなあと
たえず思っとるし
たえずしゃぶりつきたいと思っとる
おどろくべきことに
そのたえずは
とどまる事を知らない
そのためなら
たとえこの俺の右足
ねんざしてようと
よろこんで心斎橋へ

君の、その声を

君の、その声を、あえぎ声に変えたるのが
この俺様の仕事

真珠

俺様は脳に真珠いれとる。

みつめてみてくれ

おい、そこの女
場所によってはキスや
今から それを決めるから
俺を　みつめてみてくれ

抱いたる

俺様に惚れろ　命ごと抱いたる

いつまでも　とめとくぞ

俺の女よ
おまえの心の中に

俺のダンプカー　とめっぱなしやが
いつまでも　とめとくぞ

それやったらそれで

さっきからずっと
アイスコーヒーをいれてくれやと言うとるのに
アイスコーヒーいれるより
あなたの　おなかの音をきいていたいと
おまえは　わけのわからんことをぬかしながら
いつまでたっても

アイスコーヒーいれんと
俺の　おなかのところに
よこむきにひっついて
耳を俺のおなかに　あてたままや
なあ　おじょうさんよう
あのなあ
それやったらそれで
パンツぬがすど

焼きそば

おい　いったい
俺は今
誰のために
がんばっとると思ってけつかんねん
と言ったら
「あたしのため。」と笑顔で
お前が、そう言うたので

俺は、これは
はっきりさせとかな
あかんなと　そう思い
きっぱりこう言った。
ちがうぜ、俺のためや
早よ焼きそば作れ
俺のために

看護婦さんに聞いた

看護婦さんの
仕事から帰ってきた君に
あのな　おれ　今日　めっちゃ
目のじょうみゃくりゅう痛いわあ。言うたら
そんなん　ないと言われた
ほんなら目のけいどうみゃく骨折かもよ。と言うと
そんなんもない。阿呆か。と言われた

ほんならなー
もしほんまに俺が
目のけいどうみゃく骨折やったら

おまえどうするつもりやねん
心配ちゃうんか。言うたら
あのね成《しげ》ちゃん
め・に、そんなんないの
め・に、けいどうみゃくも、
ホネもないの。と言われた。

あーよかった
めのけいどうみゃく
こっせつじゃなくて
ほんま　よかった。
君が看護婦さんで
ほんま　よかった。

新高円寺

新高円寺って
新幹線がとまってくれそうだ
新がついているから
新高円寺って
新幹線がとまってくれそうだ
新がついているから
今日から俺も
新濱田にしようかな
俺にも新幹線がとまってくれそうだ
今日から俺も
新濱田にしようかな
俺にも新幹線がとまってくれそうだ
もしもほんとに

めのまえに新幹線がやってきて
とまったらいいな
かっこいいな
もしもほんとにめのまえに
新幹線がやってきて
とまったらいいな
かっこいいな
そしたら俺は
あの娘《こ》にも
名前に新をつけるよう
こっそり命令する
そしたら俺は
あの娘にも
名前に新をつけるよう
こっそり命令する

せつない

月のもの
急に来るとは
俺のとなりに
せつないぜ
せつないぜ

いのらんでも ええ器《うつわ》

俺のために
いのってくれとる
あの娘に
俺は　こう言った
おい、　いのる必要ないぞ
俺は、　わざわざ　いのらんでも　ええ器や

カレー

お前の作ってくれた
カレーライス喰ったあと
カレーせんべいを
ボリボリ喰っとる俺を見て
お前が笑った
お前も喰うかと

俺がカレーせんべいをさしだすと
あたしは、いいよとぬかしよった
ふん。しょせん
その程度やねんな
お前のカレー好きは
俺は、まだこの後
カールのカレー味
喰うつもりや

泣かしてごめん

おれにことわりもなく
おまえがすてた
おまえがすててもた
おれの少年ジャンプ
まだ全部よんでへんかってんぞ
ドラゴンボールも
スラムダンクも
ろくでなしブルースも
幽遊白書も

今週よんでへんかったから
来週意味わからんで
どんだけ困るんか
おまえわかってんのか
どうしてくれるんじゃ
と
俺は君に言って
泣かしてもた
すまん　ゆるしてくれ
泣かしてごめん
チャンピオンはすてるなよ

俺だけに一本ちょうだい

俺の花は
俺の心の中にだけ咲くすげえ花
だけど
俺の大好きな君の心の中になら

特別に一本だけあげてもいいよ
そのかわり
君の心の中にある花も
特別に一本ちょうだい
俺だけに一本ちょうだい

夏が来た

昼間
家ん中で
すわっとると
あの娘は俺に

ぶらさがるように
だきついてきて
「ミーンミーン」と言った
おお。　そうか
もう夏かいな

スイッチ　オン

あのこはね
ねっころがっとる　この俺の
鼻のてっぺんを

いきなり　ひとさし指で
押してきてやな
「はい　スイッチ　オン！」と
いいやがった。

マヨネーズ

朝おきたら
もう君は仕事にでかけていて
テーブルの上には
俺のための
朝食とかんたんな手紙とマヨネーズ
手紙にはこう書いてあった
「おはよう　これ朝食です
まずかったらごめんなさい
あのね……
マヨネーズかけた方がおいしいかも」

君側《きみがわ》が好きや

俺は顔を
君の体の方へ
向けたタイプの
ひざまくらが好きや
君側を向いた　ひざまくらで
君のパンツの
近くが好きや

おなかすいた

おなかすいた
おなかすいた
おなかすいた
おなかすいた
おなかすいた
おなかすいた
おなかすいた
おなかすいた

おなかすいた
おなかすいた
おなかすいた
おなかすいた
おなかすいた

君の作ってくれたごはんしかたべたくない。

今とても俺の耳で君の声が飲みたい

今とても君の声が飲みたい
俺の耳で君の声を飲みたい
飲みすぎぐらい
俺の耳で飲みたい
あとで俺の小便に　まざるぐらいに
俺の小便の色が変わるぐらいに
飲みすぎぐらい
今、君の声を俺は飲みたい
俺の耳で　たくさん飲みたい
あとで俺の小便に　まざるぐらい
あとで俺の小便の色が変わるぐらい
今とても俺の耳で君の声を飲みたい

絵画

電話してる途中
たまたま二人とも沈黙になった時の事
君は静かに
とてもかわいい声でこう言った
「らくがきさせてごめんね」
心配すんな
これは絵画や。

あの娘と話すだけで俺の耳の中は星でいっぱいだ

たとえば　あの娘が
20文字しゃべれば
そん時　20コの星が
俺の耳の中で輝く
たとえば　あの娘が

25文字しゃべれば
今度は 25コの星が
俺の耳の中で輝く
あの娘と話すだけで
俺の耳の中は星でいっぱいだ
俺の耳の中は星でいっぱいだ

世界一のやらしてくれや

そのへんの男が
君に
やらしてくれやと言うのと
この俺が
君に
やらしてくれやと言うのとでは
聞きくらべてみたらわかると思うけど
響がちがう

言葉の輝きがちがう
うんでいの差やねん
俺のが世界一
いっぺんしか言わへんから
よう聞いとけよ
俺の「やらしてくれや。」を
世界一の「やらしてくれや。」を
ほな言うぞ
「やらしてくれや。」

ＵＮＯ

最初に言うとく
ようきいとけよ
俺は好きな女に
打ちあける前には
かならず
ＵＮＯ！というねん

せやから俺がもし
君の前でＵＮＯ！といったら
そろそろ気持の準備しとけ
５分後には俺に好きやと言われるで
そして
６分後にはキスや
わかったな
「ウノ。」

君の事を考えてる 7

いつでも君の事を考えてる

●フィーディングタイム（魚たちの食事の時間）
　世界の大河から
　毎週　木・土　15：10
■食事時間は5～10分で開始時間は前後することがあります。
■給餌後は多少水が濁ります。
■都合により変更または　やむなく中止になる場合がございます。

の、字を読んでいる時も
君の事を考えてる

君の事を考えてる 8

いつでも君の事を考えてる

●オオカミウオ

世界中には5種類の仲間が生息し、日本では、一種のみが北海道以北～オホーツク海・ベーリング海に分布しています。水深50～100ｍの岩場にすみ、両顎には大きな4本の犬歯が並び、甲殻類や貝などをかみくだいて食べています。産卵は10～11月でオスが卵塊を抱きふ化するまで守ります。

の、字を読んでいる時も
君の事を考えてる

白馬に乗った王女様

白馬に乗った
めっちゃかわいい王女様がな
いつの日か
この俺の前に
あらわれてくれる日のくる事を
俺は待っとるわけよ

ほんでな
あらわれたらな
俺こう言うねん
おい俺の女
待っとってんど
早よ俺をさらってくれや。

君の事を考えてる9

いつでも君の事を考えてる

消火器

FIRE EXTINGUISHER

使用法：DIRECTIONS　普通、油、電気火災

（A．B．C．火災全般）

1）安全栓を引き抜く
Pull out safety pin
2）ホースをはずし火元に向ける
Draw out the hose
3）レバーを強く握る
Squeeze the lever

の、字を読んでいる時も
君の事を考えてる

生まれてみたい

変な話やが
おい　そこの女

お前からも俺
いっぺん生まれてみたいぞ
そしたら
どんなんかな

君の事を考えてる10

いつでも君の事を考えてる

Please refrain from smoking
in bed
ベットでの喫煙はご遠慮ください。

の、字を読んでいる時も
君の事を考えてる

君の事を考えてる 11

いつでも君の事を考えてる

ただいま新富士駅を通過。
ただいま三島駅を通過。
ただいま熱海駅を通過。

の、字を読んでいる時も
君の事を考えてる

君の合図

はじめてのデートで
いきなりやらせてくれと
さてんで言われて
はい　いいですよって
言えるわけないのは
重々わかってるつもりや

よし合図をきめようか
もし 俺にならやらしたってもええと
君が思うんやったら
君の眼の前にある
水の はいった そのコップを
君の頭の上にのせてくれ
それをオーケーの合図とする

君の事を考えてる12

いつでも君の事を考えてる

ジュースが出てくるまで
とびら、あけないでね。

扉が開いた状態では商品が出てきません

ジュースは取出口にためないで
一本ずつ取りましょう。

の、字を読んでいる時も
君の事を考えてる

俺の予定

今週の日曜日
君をベッドに
連れて行く。

あいしてる

他の女に
3回つっこんでるひまがあったら
俺は君に
6回つっこみたい

恋路3

俺が俺の好きな女のもとへ
会いに行く道すべて恋路
せやから
今俺を乗せた飛行機が
飛んどるこの空も恋路
三代目魚武濱田成夫氏
もうすぐ着陸。

俺の好きな女よ

俺の好きな女よ
もう泣かんでええで
俺が笑わしたる
いっぱい君を笑かしたる
これからは
俺が笑かしたる
君を好きやから
俺が君を
ちゃんと笑かして
ちゃんと笑わしたる

西中島南方のホームで'98

俺さっき便所行って
手洗ろうてへんねんけど
手つないでも ええかと言うと
うん。と君は言った
そして今、
キタナイ俺の手と
きれいな君の手が
手をつないどる
西中島南方の駅のホームで
電車よ、
まだ来んな。

見るな

今あなたの
鼻の穴の中
ぜんぶ見えた
とうれしそうに
君は笑った
見るな
そんなもん

なろうぜ今から俺と。

脱いだ おまえのパンティが
シーツの中に からまってもうて
あとで どこいったんか　わからんようになって
さがすはめになるぐらいに
なろうぜ今から俺と。

俺と君がキス

君の上で
俺と君がキス
下から君のキス
上から俺のキス
君の上で
俺と君がキス

君の横で
俺と君がキス

左から俺のキス
右から君のキス
君の横で
俺と君がキス

君の下で
俺と君がキス
下から俺のキス
上から君のキス
君の下で
俺と君がキス

君のうしろで
俺と君がキス
うしろから俺のキス
前から君のキス
君のうしろで
俺と君がキス

君の上で
俺と君がキス
上から俺のキス
下から君のキス
君の上で

俺と君がキス

セブンイレブンの上で
俺と君がキス
下から新しい
べんとうの音
セブンイレブンの上で
俺と君がキス

安心

ティッシュは
たくさんあるから
安心だ

たとえば風邪を電話で、うつしたい

たとえば俺の風邪を
電話で、うつせるぐらいに
なりたい
君にそれぐらい
俺の事を好きにさせたい。

君の事を考えてる13

いつでも君の事を考えてる

非常用ドアコック

あぶないですから、
非常の場合のほかは外に出ないでください。
腰掛の下のハンドルを手前に引けば
ドアを手であけられます。
もし線路に降りるときは
特にほかの列車や電車にもご注意ください。

の、字を読んでいる時も
君の事を考えてる

君の事を考えてる14

いつでも君の事を考えてる

●にごり水のお知らせ
このたび、お客さまの地域で
水道工事を行います。
これに伴って、お客さまの
水道の水がにごるなど、
ご迷惑を　おかけしますが、
ご協力のほど　よろしく
お願いいたします。

の、字を読んでいる時も
君の事を考えてる

遊園地に行く前

遊園地に行く前に君の部屋で
君の服を脱がせて
裸にして抱いて
そのあと君は
又、服を着て
それみて 又、

君を抱きたくなって
又、服脱がせて抱いて
又、そのあと服着た君を見て
又、脱がしたなって
又、服脱がせて君を抱いた
たぶん、今度こそ　だいじょうぶや
遊園地に行こうぜ

君の中

動けば

動くほど

めっちゃ気持ええんやもん
君の中

天才

電話しただけなのに
成《しげ》ちゃんは　あたしを

喜ばせるのの
天才だって
あの娘は言ってくれた

このでんわをきったら

この でんわをきったら その後《あと》な
俺わ 君の事を想い
一人でするぜ。 と言うたら

「だめ。会って　あたしでして。」と君は言った
もうたまらん
そんな事いわれたら
よけい　ちんちんたつ。

このとおり（入れさせてもらえるんだ2）

好きな女に
眼の中に入れても痛くないと
想われるぐらい
自分に惚れさせる事ができれば

自然と眼じゃないところにも
入れさせてもらえるんだ
俺は　そう信じている
ほら　このとおり
俺は入れさせてもらっている

あなたの字

あなたに　あえない時は
あなたがくれた手紙を見て
俺は　あなたを想う
あなたの字を見て

俺は　あなたを想う
あなたの字は
俺には　あなたの笑顔のようだ
あえない時はいつもポケットの中に
あなたの字を持っているよ

俺は君の乳首を世界一やさしく 噛むために東京へきた。

三代目魚武濱田成夫・出典作品著作リスト

詩集『俺様は約束してない事を守ったりする。』（角川文庫）
詩集『生きて百年ぐらいならうぬぼれつづけて生きたるぜ』（角川文庫）
詩集『おまえがこの世に５人いたとしても５人ともこの俺様の女にしてみせる』（角川文庫）
詩集『俺には地球が止まってみえるぜ』（角川文庫）
詩集『世界が終わっても気にすんな俺の店はあいている』（角川文庫）
詩集『君が前の彼氏としたキスの回数なんて俺が３日でぬいてやるぜ』（角川文庫）
詩集『駅の名前を全部言えるようなガキにだけは死んでもなりたくない』（角川文庫）
自叙伝『自由になあれ』（角川文庫）
絵本『三代目魚武濱田成夫の絵本』（角川文庫）
語録『三代目魚武濱田成夫語録』（幻冬舎）
写真詩集『虎と花』（求龍堂）
詩集『三代目魚武濱田成夫詩集ベスト 1982-1999』（メディアファクトリー）
絵本『こころのなかのビルのお話』（メディアファクトリー）
絵本『いのちのえんそうのお話』（メディアファクトリー）
絵本『うみとおれのお話』（メディアファクトリー）
写真詩集『俺の靴は船になった』（双葉社）
作品集『詩人三代目魚武濱田成夫の形見』（G.B.）
DVD BOX『三代目魚武濱田成夫 POETRY READING LIVE BOOTLEG』（ポニーキャニオン／デジタルサイト）
詩集『こども用三代目魚武濱田成夫詩集 ZK』（学研）
詩集『一分後の 未来よ もうすぐ 俺が行くで 道あけとけ』（学研）
ノンフィクション『日本住所不定―Fast Season―』（NorthVillage）
詩の朗読 CD『詩人 三代目魚武濱田成夫【NAKED】』（EMI MUSIC JAPAN）
詩の朗読 CD『詩人 三代目魚武濱田成夫【ANTHEMS】』（EMI MUSIC JAPAN）
詩の朗読 CD『詩人 三代目魚武濱田成夫』（２枚組コンプリート BOX）（EMI MUSIC JAPAN）

俺は君の乳首を世界一やさしく
噛むために東京へきた。

2011 年 11 月 1 日　初版発行

著　者　三代目魚武濱田成夫

発行人　北里洋平
装　幀　宮嶋章文
発行元　株式会社 NORTH VILLAGE
〒 338-0001 埼玉県さいたま市中央区上落合 4-8-1
TEL 048-764-8087　FAX 048-764-8088
発売元　サンクチュアリ出版
〒 151-0051 東京都渋谷区千駄ヶ谷 2-38-1
TEL 03-5775-5192　FAX 03-5775-5193
印刷・製本 創栄図書印刷株式会社

http://www.northvillage.asia

落丁・乱丁はお取り替えいたします。

ISBN978-4-86113-318-3